LES JARDINS

DE GUNNERSBURY-LODGE

Comté de Middlesex

ANGLETERRE.

Par le Docteur L. CLAIRAT.

PARIS

TYPOGRAPHIE HENNUYER, RUE DU BOULEVARD DES BATIGNOLLES, 7.

1860

LES JARDINS

DE GUNNERSBURY-LODGE

ANGLETERRE.

·LES JARDINS

DE GUNNERSBURY-LODGE

Comté de Middlesex

ANGLETERRE.

Par le Docteur L. CLAIRAT.

* * *

PARIS

TYPOGRAPHIE HENNUYER, RUE DU BOULEVARD DES BATIGNOLLES, 7.

—

1860

A MON EXCELLENT AMI

T. BODDINGTON, ESQ^{re}.

LES JARDINS

DE GUNNERSBURY-LODGE[1]

ANGLETERRE.

Charmant dieu des beaux-arts, viens guider mon pinceau,

De ces beautés sans nom viens tracer le tableau ;

Viens réchauffer mon cœur, mon esprit et mon âme,

Et pénétrer mes vers de ta divine flamme.

Si des jardins d'Armide on a dit la splendeur,

Je célèbre des miens l'éclat et la grandeur.

[1] Gunnersbury est situé près du village d'Acton, dans le comté de Middlesex, à six milles environ de Londres. La route qui unit ces deux endroits est longtemps bordée par une magnifique terrasse qui la domine de deux mètres et d'où l'on jouit d'un coup d'œil enchanteur. Cette terrasse dépend précisément du domaine dont il est ici question.

Près de la capitale, en prodiges féconde,

Entrepôt merveilleux des richesses du monde,

Existe un beau pays, délicieux séjour,

Qu'habitent les Rotschild, ces banquiers rois du jour.

Sites aux mille aspects, prés fleuris, champs fertiles,

Bois ombreux, fiers châteaux, grands parcs, fermes utiles.

C'est là qu'à l'écossaise, en toute vérité,

Je reçois les faveurs de l'hospitalité.

De ma chambre, au midi, si richement ornée,

Lieu de chers souvenirs, qu'augmente chaque année,

Je voyais autrefois trois superbes bassins,

N'empruntant du ciseau que de simples dessins,

Aux ravissants contours, artistique modèle,

Au vieux cintre gothique, à l'ogive fidèle :

J'y voyais, à regret, s'élever en faisceaux,

Et sans ordre et sans goût, de tristes arbrisseaux,

Fatiguant le regard, dérobant à la vue

Cet immense horizon qui se perd dans la nue.

Quel aspect, aujourd'hui, pour mes yeux étonnés !

Les lauriers par des fleurs ont été détrônés ;

Et dans chaque corbeille aux vasques élégantes,
S'élèvent des bouquets aux couleurs éclatantes.
De ces riants massifs, mille parfums divers
Se dégagent sans cesse et flottent dans les airs,
Et viennent jusqu'ici, sur l'aile de la brise,
Saturer l'odorat de leur senteur exquise :
Le géranium double aux pétales de feu,
Le pâle hortensia, nuancé rose et bleu,
La bruyère du Cap, de couleur incertaine,
Les azélias d'or, et la riche verveine,
Qui du sol mexicain émigrée en ces lieux,
Ainsi que des rubis, étincelle à nos yeux,
Véritables beautés, à la verte parure,
Vivent comme des sœurs dans l'épaisse ceinture
Que forme de ses nœuds, tout autour du gazon,
Le lierre verdoyant qui leur sert de prison.

Sur un double escalier aux six marches légères,
Elégamment paré de rosiers, de fougères,
S'élance une maison d'un style italien
Que la frise, en couleur, entoure d'un lien.

Gagnez l'extrémité de la vaste terrasse;
Contemplez, à loisir, tout ce que l'œil embrasse,
Parcourez les sentiers, visitez les jardins,
Entrez dans chaque serre, admirez ces gradins
Fléchissant sous le poids de plantes exotiques
Que l'inclément hiver force à mettre en reliques.

N'aimez-vous pas à voir la charmille en laurier?
Tous ces arbres à fruits et l'utile mûrier?
Et ces nombreux buissons, aux tiges si flexibles,
Entr'ouverts, à dessein, dans les endroits paisibles,
Décrivant, tour à tour, des cercles, des arceaux,
Un portique élégant, des festons, des berceaux;
Puis l'arbre, subissant quelque joyeux caprice,
En voûte s'arrondir par un simple artifice,
Tandis qu'autour du tronc le lierre et le rosier
De leur double spirale embrassent son aubier?
C'est là que, reposant sur un des bancs rustiques,
J'aimais chaque matin à former mes distiques.
Qui n'aimerait ce luxe, enfant de nos désirs,
Qu'un Mécène créa pour charmer nos loisirs!

Poursuivons et voyez ces merveilles d'automne
Ces arbustes, ces fleurs dont l'éclat vous étonne ;
A chacun de nos pas, nous admirons, surpris,
Et le rare et le beau ; de tout on reste épris.
L'oranger, l'aloès, chers à l'horticulture,
Sont nombreux et l'objet des soins de la culture ;
On reçoit à grands frais, des pays tropicaux,
Les thuyas, les cactus, et cent sujets nouveaux.
C'est un domaine orné de fleurs délicieuses,
Comme l'est un écrin de pierres précieuses.

Plus loin on fait appel à la mode, aux plaisirs,
De la riche Italie aux heureux souvenirs.
Au centre d'un parterre éloigné de la plaine,
Se montre au visiteur la coquette fontaine,
Que supportent gaîment trois enfants chérubins,
A la teinte de brique, aux attributs marins.
L'onde jaillit du sein de cent fleurs diaprées,
Arc-en-ciel de la terre aux teintes azurées,
Et tombe en un bassin, où, gracieux nageurs,
S'ébattent des poissons aux changeantes couleurs.

Au sommet du terrain, à pente verticale,

Se dresse un pavillon de forme originale,

Et dirigeant vos pas vers les bords d'un beau lac,

Que sillonne en tous sens un gentil petit bac,

Orné pour les chaleurs de deux tentes légères,

Frais et galant abri d'aimables passagères,

Contemplez en passant l'arbre majestueux,

Le chêne séculaire au vieux tronc orgueilleux.

Sous son feuillage assis, en face d'une allée

Ombreuse, fraîche et large, élégamment sablée,

Sur la pelouse, à gauche, on découvre, isolé,

Un autre pavillon, au sommet crénelé ;

Sa structure octogone et ses quatre fenêtres,

Aux vitraux de couleur, charment ces lieux champêtres ;

Le marbre blanc, l'ardoise, en damier disposés,

En indiquent l'abord, artistement placés ;

Son ravissant aspect et sa porte ogivale

Vous font rêver un temple où trône une vestale.

Elégant édifice aux dehors recherchés,

Plus curieux surtout par ses joyaux cachés.

Mais entrons... Qui l'eût dit ? C'est une laiterie,

Où chaque objet se montre avec coquetterie.

Vases, assiettes, plats, céramique trésor,

Sont de Saxe ou de Chine, ou du Japon encor ;

Partout sur des rayons en bois sculpté d'ébène,

S'étale avec orgueil la fière porcelaine.

En marbre de Carrare, un bassin jaillissant

Entretient la fraîcheur dans ce lieu ravissant

Agréable retraite, oasis parfumée,

Où monte d'un lait pur la vapeur embaumée.

A droite, engagez-vous dans un étroit sentier,

Au milieu des lilas, des fleurs de l'églantier ;

Suivez dans ses détours les bords de l'eau limpide,

Dont la source est au loin et le cours peu rapide ;

Remarquez cette grotte, heureux entassement

De silex et de roche unis par le ciment.

Sur l'autre rive encore existe un labyrinthe :

Les buis servent de rampe, on la gravit sans crainte ;

Puis près de là le pont de bois brut et tordu,

Comme un trait d'union sur le lac étendu.

C'est une autre terrasse où quelquefois le cygne

Repose noblement sous un berceau de vigne.

Là, deux portes en glace amènent les rayons

D'un soleil empourpré dans deux riches salons ;

Dans l'un des deux habite un jeune et doux ménage,

Coulant ses plus beaux jours à l'abri de l'orage.

De l'autre on aperçoit vers l'axe oriental

Le dôme étincelant du Palais de Cristal.

Et si la brise arrive ou que le vent survienne,

Ecoutez soupirer la harpe éolienne,

Accent mélodieux qui nous laisse étonnés,

Qui se calme aussitôt les zéphyrs enchaînés.

Quel est ici le dieu, la déesse ou la fée,

Qui préside aux jardins ? Est-ce Flore, est-ce Orphée ?

Quel est l'esprit qui veille, actif et diligent,

Guidant la main soumise à l'œil intelligent ?

C'est une femme artiste, aimable, ingénieuse,

Qui poursuit d'une sœur la tâche harmonieuse ;

Ses doigts prestigieux savaient tout embellir,
Pourquoi donc avec nous n'a-t-elle pu vieillir ?

A qui sont tous ces biens, ces beautés, ces richesses ?
La fortune a comblé de toutes ces largesses
L'ami, plus riche encor de cœur et de raison,
Qui pour moi de Socrate élargit la maison.
Où sont les éléments de plus douce existence ?
Quel étonnant concours de paix et de silence !.
Vrai paradis terrestre où le plaisir discret,
Cher hôte du logis, se goûte sans regret !
Si la félicité, de la terre exilée,
Laissait une ombre encor sous la voûte étoilée,
Dans ce riant asile, oh ! qu'il me serait doux,
Chers amis, de passer tous mes jours près de vous,
Et d'y voir s'écouler tranquillement ma vie,
Loin du fracas du monde et des traits de l'envie !

Paris — Typographie BENNUYER, rue du Boulevard des Batignolles, 7.